CIP- Titelaufnahme der deutschen Bibliothek
Inge Buck
Unter dem Schnee

ISBN 978-3-944201-44-3

Satz und Layout: Melina Cahnbley
Umschlaggestaltung: Melina Cahnbley
Coverfoto: Monica Schefold
Druckvorstufe: Sujet Verlag, Bremen
Printed in Europe
1. Auflage 2015

www.sujet-verlag.de

Unter dem Schnee

Inge Buck Gedichte
Monica Schefold Collagen

Übertragung ins Persische
Madjid Mohit

sujet verlag

Inhalt

III

IV

Vorwort

Durch ihren Lyrikband „An diesem Tag“ habe ich Inge Buck 2006 kennengelernt und lese seitdem mit großer Freude ihre Gedichte. Ihre poetische Sprache ist für mich immer ein Zugang zur deutschen Lyrik gewesen. Ihre Gedichte erinnern mich an Hilde Domin: starke Bilder werden durch eine direkte und ausdrucksvolle Sprache vermittelt. In ihren Texten nimmt die Natur eine zentrale Rolle ein. Dabei ist die Zeit das übergreifende Thema ihrer Poesie.

Die Bilder in den Gedichten von Inge Buck sind so eng mit dem Leben verbunden, dass sie für den Leser zum Greifen nahe erscheinen und zum Nachdenken anregen.
Die Gedichte, deren Hintergrund Lebenserfahrungen der Autorin sind, vermitteln eine Art Lebensphilosophie. So wird zum Beispiel die Verbindung zwischen der Zeit und dem Alltag auf leise Art und Weise wahrgenommen und im Gedicht wiedergegeben.

Zwei Minuten
auf den Bus warten
Zwei Minuten
den Tee ziehen lassen
Zwei Minuten
meines Lebens

Es werden hier zwei Minuten thematisiert, die viel länger im Gedächtnis bleiben als sie es in der Realität sind. Man denkt über Momente im Leben nach und darüber, dass Minuten Bestandteil des eigenen Lebens sind, ohne sich deren Bedeutung bewusst zu sein. Wir denken täglich über die Zukunft nach, über das was morgen ist, und verpassen dabei den Augenblick. Der Augenblick ist jedoch die einzige Wahrheit, die existiert und das versucht Inge Buck in ihren Gedichten anhand von Bildern zu vermitteln. Einige Gedichte erinnern mich an den persischen Dichter Omar Khayam, der als einer der ersten sich dieser Philosophie bediente.

Als Inge Buck mich gefragt hat, ob ich ihre Gedichte übersetzen würde, habe ich mich sehr gefreut. Für mich war es das erste Mal, dass ich deutsche Lyrik ins Persische übertragen habe und diese dann auch in Deutschland veröffentliche. Bisher hatte ich stets persische Gedichte ins Deutsche übersetzt. Egal aus welcher Sprache übersetzt wird, die Übersetzbarkeit der Gedichte ist in jedem Fall grundlegend. Denn die Bilder, die in die zweite Sprache übertragen werden sollen, müssen auch übertragbar sein. Lyrik ist Bildersprache. Trotz der Verschiedenheit der Bilder aufgrund ihres unterschiedlichen kulturellen Kontextes, müssen die Bedeutung und der Inhalt der Texte beibehalten werden. Das führt manchmal dazu, dass einige Gedichte umgedichtet werden müssen.

Als Übersetzer hat man immer einen Vergleich. Man denkt in zwei unterschiedlichen Logiken der Poesie, in diesem Fall der deutschen und der persischen. Die persische Lyrik hat ihre eigene Tradition, die Bilder werden anders dargestellt als im Deutschen. Metaphern spielen eine große, oftmals notwendige Rolle in der persischen Dichtung, um komplexe Inhalte bildlich dazustellen. Sie finden sogar in der modernen Gegenwartslyrik Anwendung, obwohl die persische Dichtersprache stark vereinfacht wurde durch Poeten wie Seyed Ali Salehi[1], Vahe Armen[2] und Shams Langrudi[3]. Im Gegensatz dazu ist die deutsche Poesie meist durch eine klarere und deutlichere Sprache gekennzeichnet und Metaphern spielen nicht diese Rolle.

Während in der persischen Poesie der Wunsch, die Dimension des Nicht-Erreichten oder des Unerreichbaren Gegenstand der Dichtung ist, thematisieren deutsche Gegenwartsautoren eher die Erfahrungen ihrer Realität. Bei einer Übersetzung hat man zwei Sprachen und versucht die Sprachgefühle von einer Sprache in eine andere zu übermitteln. Im Vergleich zu einer Übersetzung von Gedichten eines iranischen Dichters, bei der ich in vielen Fällen eine Erklärung zu vielen Begriffen geben musste, war dies bei den Gedichten von Inge Buck nicht nötig. Ihre Lyrik ist aus dem Leben gegriffen und unmittelbarer verständlich.

---

1 Salehi, Seyed Ali, Geboren in ein verworrenes Lied, Gedichte. Aus dem Persischen übersetzt von Madjid Mohit, Sujet Verlag, Bremen, 2013

2 Armen, Vahe, Unter einem Jasminstrauch, Gedichte. Aus dem Persischen übersetzt von Hossein Mansouri, Sujet Verlag, Bremen, 2013

3 Langrudi, Shams, Ich laufe auf deinen Füßen, Gedichte. Aus dem Persischen übersetzt von Leila Nouri Naini, Sujet Verlag, Bremen, 2013

Besonders bedanken möchte ich mich vor allem bei dem in Deutschland lebenden persischen Lyriker Mahmood Falaki, der mir bei der Übertragung der Gedichte mit seiner Kenntnis und seinem poetischen Sprachgefühl geholfen hat.

Die Gedichte von Inge Buck werden von Collagen von Monica Schefold begleitet, die aus verschiedenen Elementen bestehen, wie das Leben selbst. Sie stehen harmonisch neben den Texten und intensivieren diese abwechselnd in farbigen und schwarz-weiß gehaltenen Bildern, die sich wie Traum und Wirklichkeit gegenüber stehen. Es sind Kombinationen aus mehreren Elementen: aus dem Alltag, von Erde und Himmel, von Natur und menschlichem Leben.

Das Leben fließt im Buch sowohl in den Bildern als auch in der Lyrik.

Madjid Mohit

I

Wind

Der Wind
der vom Meer herkommt
der Wind
der die Haut trocknet
der Wind
der Wellen ans Ufer treibt
der Kieselsteine
zum Klirren bringt
der Wind
der Stühle umwirft
der nachts
übers Gebirge fegt
der Glocken läuten lässt
der Wind
mit dem Duft von Kiefernharz
der Wind
der still steht

باد

باد که از سوی دریا می‌وزد
باد
بادی که پوست را خشک می‌کند
باد
بادی که موج‌ها را به ساحل می‌رساند
که سنگ ریزه‌ها را
جرینگ جرینگ به صدا در می‌آورد
باد
بادی که صندلی‌ها را برمی گرداند
که شب‌ها می‌روبد از فراز کوه
که زنگ‌ها را به صدا در می‌آورد
باد با عطر صمغ کاج
باد که ساکت می‌ماند

Frühlingsvogel

Ein Frühlingsvogel
in kahlen Zweigen
singt sein altes Lied

singt
über verwelktem Laub
verlassenen Gärten
gegen die Armut des Herzens

singt
vor stillen Frühlingswolken
gewiegt vom Wind
singt singt

singt

پرنده بهاری

پرنده ای بهاری
در شاخه های عریان
ترانه ای قدیمی می خواند

ترانه ای از برگ های پژمرده
از باغهای متروك
و می نالد از بی چیزی قلب

مي خواند پیش روی ابرهای خاموش بهاری
اسیر بادها
مي خواند

او مي خواند

Sommertag

Die Absichtslosigkeit
eines Sommertags
die Geduld
einer Kaktusblüte
die Zeitlosigkeit
einer Ameise
die Verlässlichkeit
des Schattens

روز تابستانی

بی تعمدی
یک روز تابستانی
صبوری یک غنچهٔ کاکتوس
بی زمانی یک موریانه
پر اعتمادی یک سایه

Sommerende

Schon spüre ich
den Geruch
fallenden Laubs
schon
liegt die Grasnarbe
bloß

Blühen Disteln
am Wegrand
kehren Reisende
zurück
mit gelichtetem Haar
der Wind hat gedreht

پایان تابستان

از هم اکنون حس می‌کنم
بوی برگ های
ریخته بر خاک را
و جای زخم مانده از علف

شکوفه‌های خار
در کناره راه ها
مسافران به خانه شان
برمی گردند
با موهای سپید گشته
باد چرخیده است

Sitzt die Taube

Sitzt die Taube
auf dem Ast
am Morgen

Das Rot
der Eberesche
ist dunkler geworden

Sitzt die Taube
auf dem Ast
am Morgen

Das Licht
der Sonne
ist matter geworden

Sitzt die Taube
auf dem Ast
am Morgen

Die Blätter
sind braun geworden
über Nacht

پرنده می‌نشیند

پرنده می‌نشیند
بر روی شاخه
صبح زود

قرمزی درخت زبان گنجشک
تیره تر گشته

پرنده می‌نشیند
بر روی شاخه
صبح زود

نور آفتاب
کدرتر گشته است

پرنده می‌نشیند
بر روی شاخه
صبح زود

برگ ها
قهوه‌ای گشته اند
در طول شب

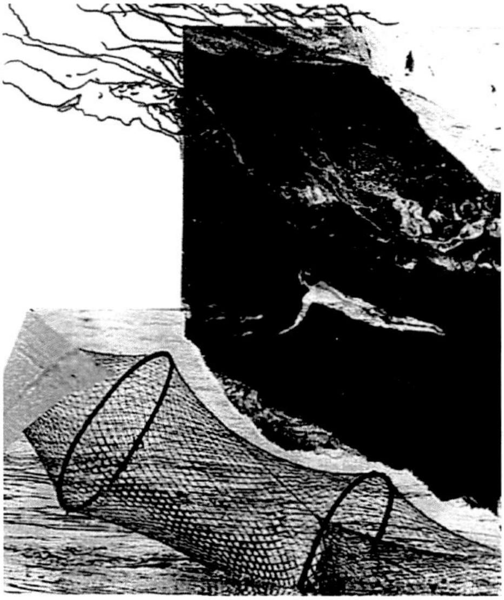

GEO 35

Oktoberlicht

Noch weht aus Gärten
ein Duft von Rosen
Herbstastern und Phlox
im Licht
der Oktobersonne
frühlingsgrün der Rasen
lautloser Blätterfall
Zugvogelschrei
der ruhige Gang
des Wassers

روشنایی اکتبر

هنوز از باغ ها
عطر گل سرخ می‌وزد
شاخه‌های پاییزی و گل‌های آتشی
درنور
آفتاب اکتبر
سبز بهاری چمن زار
برگ ریزان بی صدا
فریاد پرنده مهاجر
مسیر آرام آب

November

Die Verfärbung
der Welt
die Schönheit
sterbender Blätter

Über regennassen Dächern
angehaltene Zeit
unbeirrt
der Vögel Flug

نوامبر

تغییر رنگ
جهان،
زیبایی
برگ‌های میرا

روی سقف‌های خیس از باران،
زمان متوقف شده
پرواز مصمم پرنده

II

Unter dem Schnee

Unter dem Schnee
die Toten
und das Gras
vom Vorjahr
und meine Liebesbriefe
aufbewahrt
unter dem Schnee
für dieses Jahr

در زیر برف

در زیر برف
مردگان
و سبزه زاری
از سال گذشته
و نامه‌های عاشقانه من
در زیر برف
کنار گذاشته شده
برای همین سال

Dass das Gras

Dass das Gras wächst
dass das Gras
zwischen Steinen wächst
aus dem Asphalt wächst
verbrannt wird
und wieder wächst
abgemäht wird
und wieder wächst
zertreten wird
und wieder wächst
und dass darüber
Gras wächst

این که چمن

این که چمن می‌روید
این که چمن
در میان سنگ‌ها می‌روید
در آسفالت می‌روید
سوزانده می‌شود
و دوباره می‌روید
کوتاه می‌شود
و دوباره می‌روید
لگدمال می‌شود
و دوباره می‌روید
و این که چمن دوباره می‌روید

Wintervögel

Meine Wintervögel
durchziehen schon
in leichtem Flug
den Sommerhimmel
tröstlich
mit ihrem Flügelschlag
meine schwarzen Engel

پرندگان زمستانی

پرندگان زمستانی من
در پروازی سبک
آسمان تابستانی را
درمی نوردند
با دل گرمی
و با برهم زدن بال هاشان
فرشتگان سیاه من

Wo finde ich Engel

Wo finde ich Engel
in dieser Stadt
in der seltenen Stille
eines Nachmittags
in der Sonne
die meine Haut berührt
im Schmerz
der eines Tages verschwunden ist
im Blick
der mich unerwartet trifft
in Gedanken
an die Toten
in der Zeit
die mir bleibt

کجا فرشته‌ای پیدا کنم

کجا فرشته‌ای پیدا کنم
در این شهر
در سکوت نادر
یک بعد از ظهر
زیر آفتاب
که پوست مرا لمس می‌کند
در دردی
که روزی از بین خواهد رفت
در نگاهی
که مرا نامنتظرانه ملاقات می‌کند
در فکر کردن
به مردگان
در زمانی که
هنوز برایم باقی است

Wir wissen nichts

Wir wissen nichts
von denen
unter der Erde
über uns Frühlingswolken
am Wegrand Löwenzahn
tanzende Mücken
im Licht
von denen
unter der Erde
wissen wir nichts

هیچ چیز نمی‌دانیم

ما هیچ چیز نمی‌دانیم
از به خاک سپرده شدگان
بالای سرمان ابرهای بهاری
در کنارهٔ راه قاصدک
پشه‌های رقصنده
در نور
از به خاک سپرده شدگان
هیچ چیز نمی‌دانیم

In der Stadt

Die Trauernden
in der Stadt
halten ihre Blicke bedeckt
unter herabfallendem Laub
löst sich der Tag auf
in den Straßen
hört man ihre Selbstgespräche
in allen Sprachen

در شهر

سوگواران
در شهر
نگاه‌هایشان را پنهان می‌کنند
زیر برگ‌های فروریخته بر زمین
روز به سر می‌رسد
در خیابان‌های شهر
می توان خودگویه‌های سوگواران را
به همهٔ زبان‌ها شنید

III

Ein kalter Sommer

Ein kalter Sommer
ein warmer Winter

Wo ist die Zeit geblieben

Ein winterlicher Frühling
ein kalter Sommer
ein frühlingshafter Herbst
ein sommerlicher Winter

Wo ist die Zeit geblieben

Ein herbstlicher Frühling
ein kalter Sommer
ein sommerlicher Herbst
ein frühlingshafter Winter

Wo ist die Zeit geblieben

Ein warmer Sommer
ein kalter Winter

Wo ist die Zeit geblieben

تابستانی سرد

تابستانی سرد
زمستانی گرم

زمان کجا جا مانده

بهاری زمستانی
تابستانی سرد
پاییزی بهاری
زمستانی تابستانی

زمان کجا جا مانده

بهاری پاییزی
تابستانی سرد
پاییزی تابستانی
زمستانی بهاری

زمان کجا جا مانده

تابستانی گرم
زمستانی سرد

زمان کجا جا مانده

Zeit

Jahre verweht
vergessen
wie Zeit
die nie gewesen

Lebensgeschichten
vorüber geglitten
gelitten

geschrumpft
in der Nussschale
Erinnerung

زمان

سال ها
می گذرند
فراموش می شوند
مانند زمانی
که هرگز وجود نداشته

حکایت های زندگی
سریده به سوئی
سرخورده

مچاله
در پوست گردوی
خاطرات

Zwei Minuten

Zwei Minuten
auf den Bus warten

Zwei Minuten
den Tee ziehen lassen

Zwei Minuten
meines Lebens

دو دقیقه

دو دقیقه
به انتظار اتوبوس ماندن

دو دقیقه
تا چای دم بکشد

دو دقیقه
از زندگی من

Vergessen

Später
werden wir uns daran erinnern

Wunden werden zu Narben
Schmerzen zu Heldentaten

wenn wir vergessen haben
wird daraus eine Geschichte

فراموشی

بعدها
به خاطر خواهیم أورد

از زخم ها اثری باقی می ماند
و از دردها قهرمانی

و از فراموشیمان
حکایتی

Sand

Aus der Tiefe der Erde
aus Gebirgen und Wüsten
aus Flüssen
die meerwärts fließen
geschliffen
von Wasser und Wind
verwandelt
jahrtausendelang
im Strom der Zeit

از عمق زمین

از کوه‌ها و بیابان ها
از رودها
که به سوی دریا روانند
جلا یافته
از آب و بعد
در طول هزاران سال
به توفان زمان
تبدیل شده

Treibholz

Einst
war ich Baum
beherbergte
Vogelschwärme
den Ruf der Taube
am Abend
Sonnenflecken
im Blattwerk
bin ganz leicht geworden
treibe umher
wurzellos

چوب شناور

روزی روزگاری
درخت بودم
آشیانه ای
که فوج پرندگان را پناه می‌دادم
صدای کبوتر
در شب
لکه‌های آفتاب
روی برگ
بسیار سبک شده ام
بی ریشه
اینجا و آنجا در راهم

Unter dem Stein

Lass mich
von der Erdkröte erzählen
sie schläft
unter dem Stein
sie wacht
unter dem Stein
sommers und winters
unter dem gleichen Stein
kühl die erdfarbene Krötenhaut
sommers und winters
goldfarben die Krötenaugen
unter dem Stein

زیر سنگ

بگذار از وزغ برایت بگویم
به زیر سنگ
می خوابد
بیدار می‌شود
به زیر سنگ
تابستان‌ها و زمستان ها
به زیر همان سنگ
پوست خاکی رنگش سرد
در تابستان‌ها و زمستان ها
و چشم‌های زیبای طلائی اش
به زیر همان سنگ

IV

Flüchtlingsheim

Das Haus mit den leeren Fenstern
atmet Leid

Flüchtlinge
im Regenland

durch so viele Länder
die nackte Haut gerettet

hinter verschlossenen Türen
sprachlose Angst

خانه پناهجویان

خانه با پنجره‌هایی خالی
نفس می‌کشد اندوه را

پناهجویانی
در سرزمینی بارانی

از میان سرزمین‌هایی بسیار
تن‌های برهنه نجات یافته

پشت درهای بسته
با ترسی خاموش

Stimmen

Während
der Nachrichtensprecher
das Unheil der Welt
mir ins Ohr träufelt

höre ich
draußen
die Amsel singen
an diesem Morgen

صداها

همینطور
که اخبارگو
بد شگونی جهان را
در گوشم می‌خواند

بیرون خانه
می‌شنوم
توکا آواز می‌خواند
در این روز

Mitten im Krieg

Mitten im Krieg
sitzt ein Mensch
auf der anderen Seite
des Erdballs
und angelt

در میانه جنگ

در میانه جنگ
انسانی نشسته آنجا
در طرف دیگر کره خاکی
و ماهی می‌گیرد

Die Freiheit der Vögel

Die Freiheit der Vögel
frühmorgens
auf einem Baum
fraglos
Ausschau haltend
über dem Staub

آزادی پرندگان

آزادی پرندگان
سحرگاهان
بر روی درختی
بی هیچ پرسشی
با نگاه به چشم اندازی
بر روی غبار زمین

Der Blinde

In klaren Nächten
steht er unter dem Himmel
hört den Schrei
der Zugvögel
ihren Flügelschlag
spürt den wärmeren Wind
die Wandlung des Mondes
Sternenflug
den Atem der Nacht

نابینا

در شب‌های صاف و روشن
زیر آسمان ایستاده است
و به پرنده مهاجر گوش می‌کند
بالهای بر هم خورده اش
هوای گرم تری را لمس می‌کند
گردش ماه
پرواز ستاره‌ها
تنفسِ شب

Der Dichter im Exil

(Für Hussein Mansouri)

Der Dichter im Exil
wurde gefragt
warum er schreibe
ich schreibe
weil ich schreibe
antwortete der Dichter
im Exil schreibe ich
über mein Land
in meinem Land werde ich
über das Exil schreiben

شاعر در تبعید

برای حسین منصوری

از شاعری در تبعید
پرسیده شد
چرا می‌نویسد
شاعر جواب می‌دهد
من می‌نویسم
چون می‌نویسم
در تبعید از سرزمین‌ام می‌نویسم
در سرزمین ام
از تبعید خواهم نوشت

Worte

Die Last
der Worte
verstaubt
in den Bücherregalen
Lebensbeichten
uneingelöste Hoffnungen
aufgeschobenes Leben
aufgeschrieben
durchgestrichen
tagelang gesucht
nach einem Wort

کلمات

بار کلمات
خاک گرفته است
در قفسه‌های کتاب
اعتراف نامه ها
امیدهای دست نیافته
زندگی به پس رانده شده
نوشته شده
خط زده شده
روزهای متمادی
در پی کلمه‌ای جستجو شده

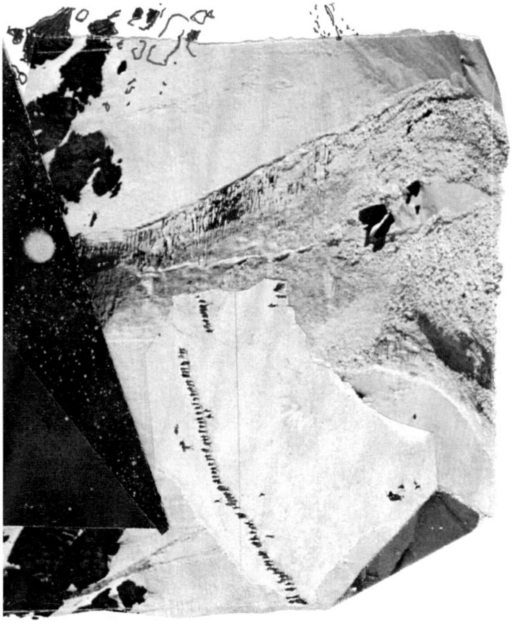

Siempre
sere

Was bleibt

Du wirst
nichts
mitnehmen können
was bleibt
sagt der türkische Gemüsehändler
sind die Bücher

آنچه می‌ماند

تو
با خود
هیچ چیز را نمی‌توانی ببری
مرد ترک بقال می‌گوید
آنچه می‌ماند
فقط کتاب‌ها هستند

Inge Buck

ist in Süddeutschland aufgewachsen. Sie hat in Tübingen Psychologie studiert, in München und Wien Publizistik, Theaterwissenschaft und Literatur. Nach ihrer Promotion arbeitete sie als Redakteurin in der Hörspielredaktion des Deutschlandfunks in Köln. An der Hochschule Bremen war sie als Kulturwissenschaftlerin tätig. Sie schreibt Lyrik und Kurzprosa, Hörfunk-Features und Hörbilder, hat Biographien und Anthologien herausgegeben und mehrere Lyrikbände veröffentlicht.
Zuletzt *Kardendistel* 2012 und *Oktoberlicht* 2014.

Monica Schefold

ist in Irland aufgewachsen. Sie hat in Dublin Kunstpädagogik, in Basel Grafik studiert und in London und New York als Grafikerin gearbeitet. Sie hat drei Bücher über Architektur publiziert. In Berlin hat sie ihr Studium der Kunstpädagogik abgeschlossen, als Lehrbeauftragte an der Hochschule der Künste in Berlin und als Kunstpädagogin an einem Gymnasium gewirkt. Ihre Fotoarbeiten, Bilder und Collagen hat sie in mehreren Buchpublikationen und Ausstellungen gezeigt.
Zuletzt in dem Lyrikband *Augenblicke in Namibia* 2012 und in der Ausstellung *Zufügungen* 2015.

Im Sujet Verlag erschienen

Oktoberlicht

Inge Buck
2014
ISBN 978-3-944201-30-6
82 Seiten, 14,80€

Gedichte von Inge Buck,
Fotografien von Phil Porter.

In den Gedichten von Inge Buck geht es um die Erfahrung von Zeit, es geht um Ausfahrt und Abschied, um Erinnern und Vergessen zwischen Frühling und Sommerende, zwischen Oktoberlicht und Winterstille. Und immer ist der Ruf der Krähe zu hören, im Schlaf, wenn Traum und Tag ineinander fließen.
Es werden Geschichten erzählt vom alten Haus, das verkauft wird, vom Blinden, der den Atem der Nacht hört, von Michel de Montaigne, der sich aus allen Ämtern zurückzieht, um zu schreiben.. Lebensgeschichten gleiten vorüber, als ob die Zeit nie gewesen. Erst wenn wir vergessen, wird daraus eine Geschichte.

Die minimalistischen Schwarz-Weiß-Bilder des Künstlers und Fotografen Phil Porter korrespondieren mit den Gedichten, ohne zu illustrieren, sie leuchten eine Welt des scheinbar Unscheinbaren aus, imaginieren Orte, erschaffen Wahrnehmungsräume für die Vorstellungskraft des Betrachters.

Märzlicht

Inge Buck
2010
ISBN 978-3-933995-48-3
72 Seiten, 12,80€

Gedichte von Inge Buck, Collagen von Monica Schefold.

Jahreszeiten und Nachtbilder, Traumlandschaften und Reisebilder, Landschaften der Erinnerung und Bilder im Museum. Und immer ist es der Wind, der über die Landschaft fegt, ist es das Licht, das einer Landschaft Farbe gibt im Wechsel der Jahreszeiten, ist es die Lautlosigkeit, in der man wieder zu hören beginnt.
Eine bibliophile Kostbarkeit.

An diesem Tag

Inge Buck
2006
ISBN 978-3-933995-22-3
164 Seiten, 14,80€

Gedichte Inge Buck,
Zeichnungen Marietta Armena.

Ungewöhnliche Dinge geschehen: „An diesem Tag umarmte ich das Meer". An diesem Tag wirft Kafka seinen Schatten auf eine Prager Gasse. „An diesem Tag sitzt ein Mann mitten im Krieg auf der kriegsabgewandten Seite des Erdsballs und angelt". An diesem Tag erscheint der neue Gedichtband von Inge Buck.

Windstill

Wolfgang Somary
2011
ISBN 978-3-933995-71-1
93 Seiten, 12,80€

Gedichte von Wolfgang Somary, Collagen von Monica Schefold.

„Liebe ist keine Tat, sie ist ein Feld für Sportler des Herzens, Rennbahn für einverleibte Seelen, kein Gebot, sondern ein Rasen, auf dem wir einander einholend, erkennend, einatmend, verflechtend kleine Torheiten flüstern, und im Geschrei der Bejahung zur Auferstehung sterben.“

Wolfgang Somarys Gedichte verbinden sich mit den Collagen von Monica Schefold zu einem bildschönen Kunstwerk.

Aus dem Staub gemacht

Karin Lindemann

2011

ISBN 978-3-933995-79-7

88 Seiten, 12,80€

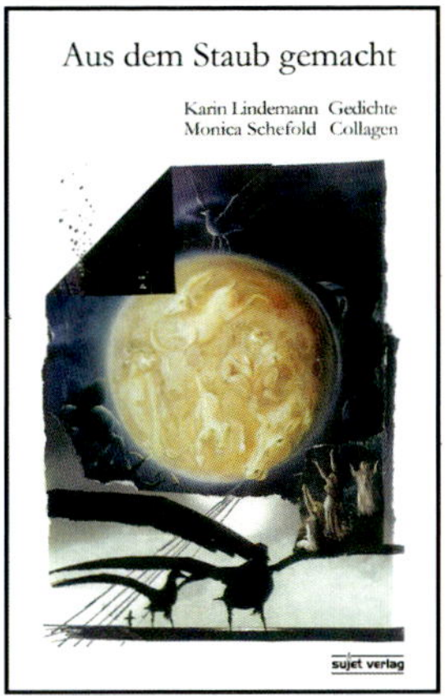

Gedichte von Karin Lindemann, Collagen von Monica Schefold.

Die Gedichte beschäftigen sich mit unterschiedlichen Themen wie: Leben, Täuschung, Schnee, Staub, Atmen, Widerschein, Reise, Herbst, Zeit und vielen weiteren.